Di palmadas muy feliz.

—¡Abuela! ¡Oye, abuela! ¿Sabes qué? ¡Que la estoy pasando muy bien aquí arriba! ¡Y además ni siquiera estoy pensando en el monstruo de debajo de mi cama!

Justo entonces, tragué saliva.

Porque no debí haber dicho eso. Creo.

Miré hacia mi cama un poco nerviosa.

¿Y qué pasaba si el monstruo ya estaba debajo de mi cama?

¿Y qué pasaba si me estaba mirando con sus ojos los deditos de mis pies?

¿Y qué pasaba si se quería meter mis deditos en su boca para comérselos?

Títulos de la serie en español de Junie B. Jones por Barbara Park

Junie B. Jones
tiene un monstruo
debajo de la cama

por Barbara Park
ilustrado por Denise Brunkus

SCHOLASTIC INC.
New York   Toronto   London   Auckland   Sydney
Mexico City   New Delhi   Hong Kong   Buenos Aires

Originally published in English as
Junie B. Jones Has a Monster Under Her Bed

Translated by Aurora Hernandez.

ISBN 0-439-66123-4

Published by Scholastic Inc., 557 Broadway, New York, NY 10012,
by arrangement with Writers House.
SCHOLASTIC and associated logos are trademarks and/or
registered trademarks of Scholastic Inc.

12 11 10 9 8 7 6 5 4 3   4 5 6 7 8 9/0

Printed in the U.S.A.   40

First Spanish printing, October 2004

Contenido

1/ El hombre de las papitas

Me llamo Junie B. Jones. La B es de Beatrice, solo que a mí no me gusta Beatrice. Me gusta la B, y ya está.

Estoy en el grado de kindergarten por la tarde.

Hoy nos van a sacar las fotos de la clase en el sitio ese.

La foto de la clase es cuando te pones tu *supermejor* vestido. Y vas a la cafetería. Y el hombre de las papitas está ahí.

Y te hace decir "papitas". Solo que yo no sé muy bien por qué.

Luego te saca fotos. Y tu mamá las tiene que comprar. Porque si no, te hace sentir mal.

La foto de la clase es una ganga. Creo.

Llevé mi vestido nuevo con dinosaurio.

—Un dinosaurio, ¿eh? —dijo el hombre de las papitas.

Yo me alisé el vestido muy coqueta.

—Sí —dije—. Es un tiranosaurio reina.

—Dirás un tiranosaurio rex —dijo.

—No. Digo tiranosaurio reina. Porque rex es el chico. Y reina es la chica —le expliqué.

El hombre de las papitas se quedó detrás de su cámara.

—Di papitas —dijo.

—Ya, pero es que... ¿sabe qué? Que la verdad es que no sé por qué tengo que decir esa palabra. Porque ¿qué tienen que ver las papitas con todo esto? —pregunté.

—Las papitas te hacen sonreír —dijo el hombre de las papitas.

Yo sacudí mi cabeza.

—A mí no. A mí las papitas no me hacen sonreír —dije—. Porque a veces como papitas a la hora del almuerzo. Y ni siquiera me río cuando las estoy tragando.

El hombre de las papitas hizo un suspiro muy grande.

—¿Podrías decirlo y ya, por favor? —preguntó.

—Sí —dije—. Puedo decir lo y ya. Pero no se olvide de avisarme cuando esté listo. Porque una vez mi abuelo Miller me iba a sacar una foto. Y no me dijo cuando estaba listo. Y entonces uno de mis ojos salió abierto. Y el otro salió cerrado.

Hice gestos para mostrárselo.

—¿Ve? ¿Ve mis ojos? ¿Ve cómo uno está abierto y el otro...

De pronto, el hombre de las papitas me sacó la foto.

Mi boca se abrió hasta atrás con aquel hombre.

—¡OIGA! ¿POR QUÉ HIZO ESO? ¿POR QUÉ ME SACÓ LA FOTO? ¡PORQUE YO NI SIQUIERA ESTABA PREPARADA!

El hombre de las papitas siguió dándole a la cámara.

Al ratito, miró a la siguiente persona de la cola.

—Siguiente —dijo.

Yo le di un pisotón al suelo.

—Ya, solo que yo no estaba preparada. ¡Se lo dije! ¡Así que me tiene que tocar otra vez! —dije.

Justo entonces, vino mi maestra. Y me sacó de allí.

Me sentó cerca de ella, encima de un banco.

Se llama Seño.

También tiene otro nombre. Pero a mí me gusta Seño y ya está.

Seño me dijo "cálmate".

Después yo y ella vimos cómo les *hacían* las fotos a los otros niños.

Mi *supermejor* amiga que se llama Lucille fue la siguiente.

Llevaba un moño azul de seda en el pelo.

—Mi nana dice que este moño resalta el azul de mis ojos —le dijo al hombre de las papitas.

Lucille abrió los ojos hasta atrás.

—¿Los ve? ¿Ve de qué color son? Son azul mar con una chispita de lavanda.

El hombre de las papitas metió los cachetes hacia adentro. Se estaba llenando de *fustración*. Creo.

—¿Podrías decir papitas, por favor? —gruñó.

Lucille sonrió mucho con todos sus dientes.

—¡Papitas! —cantó muy fuerte—. ¡Papitas! ¡Papitas! ¡Papitas, papitas, papitas!

Y luego siguió cantando papitas, hasta que el hombre de las papitas dijo:

—¡Basta ya!

Cuando terminó, Lucille vino dando saltitos hacia mí y Seño.

—¿Me vieron? —preguntó—. ¿Vieron lo bien que digo papitas? Eso es porque cuando sea mayor voy a ser modelo. Y ya sé cómo se hace.

Se esponjó su pelo esponjoso.

—La cámara es mi amiga —dijo.

Seño subió los ojos hasta el techo. Yo también miré hacia arriba. Pero no vi nada.

Después de eso, era la hora de la foto de la clase.

La foto de la clase es cuando todos los
del Salón Nueve se ponen en dos filas.

Los más grandototes se ponen detrás. Y
los bajitos se ponen delante de los de atrás.

Yo soy bajita. Solo que no hay por qué avergonzarse de eso.

Me puse al lado de Paulie Allen Puffer.

Parecía muy impresionado con mi vestido de dinosaurio.

—Los dinosaurios arrancan la cabeza a la gente de un bocado —dijo.

Yo le fruncí el ceño.

—Ya, solo que a mí no me asustan. Porque los dinosaurios ya no existen —le dije.

—¿Y? Pero sí que existen los monstruos que te pueden arrancar la cabeza de un bocado —dijo Paulie Allen Puffer—. Te apuesto lo que quieras a que debajo de tu cama vive un monstruo. Mi hermano mayor dice que todo el mundo tiene un monstruo que duerme debajo de su cama.

Me clavó su dedo.

—Y tú también, Junie B. Jones —dijo.

Se me puso la carne de gallina en los brazos.

—No, yo tampoco, Paulie Allen Puffer —le dije.

—Sí, tú también —me contestó—. Mi hermano está en séptimo. Y dice que el monstruo espera hasta que estés dormido. Y después se trepa y se pone a tu lado. Y se acuesta en tu almohada. Y se entrena a meter tu cabeza en su boca.

Me tapé los oídos. Pero Paulie Allen Puffer habló más fuerte.

—Además te lo puedo demostrar —dijo—. ¿No te has despertado nunca con manchas de babas en la almohada?

Pensé mucho.

—Sí, ¿y?

—Pues ¿de dónde crees que salen? —preguntó—. Salen del monstruo que hay debajo de la cama. De ahí mismo. Son babas de monstruo, Junie B. Jones.

Moví la cabeza superrápido.

—¡De eso nada, Paulie Allen Puffer! ¡Y deja de decir eso ya! ¡Te lo advierto!

Levantó las cejas hasta arriba.

—Muy bien, entonces ¿de dónde viene? Tú no babeas en la almohada, ¿verdad? No eres un bebé ¿no? —dijo.

—¡No! ¡Y no me llames eso! ¡Yo no soy un bebé! —grité.

Paulie Allen Puffer se cruzó de brazos.

—Entonces ¿de dónde salen las babas? —volvió a preguntar.

—No lo sé —dije—. Pero mi papá me ha dicho que los monstruos no existen.

—¿Y? Los papás tienen que decir eso —dijo Paulie Allen Puffer—. Para que te vayas a dormir por la noche y no los molestes.

Me miró con los ojos chiquititos.

—Y además ¿por qué crees que los papás y las mamás duermen juntos en el mismo cuarto? Para protegerse del monstruo. Porque si no, les pueden arrancar las cabezas de un bocado.

Justo entonces, arrugué la nariz ante esa idea tan horrible. Luego saqué la lengua del todo. Y puse cara de asco.

¿Y sabes qué?

Que el hombre de las papitas sacó la foto de la clase.

2/ Solo di "verdad"

Después de las fotos de la clase, volvimos al Salón Nueve.

Puse la cabeza en mi mesa.

—Los monstruos no existen. Los monstruos no existen —me susurré a mí misma—. Porque mi propio papá me lo ha dicho. Y él no me mentiría... creo.

Seño me dijo que me sentara bien en la silla.

Nos dio trabajo para hacer.

Se llama escribir cartas. Solo que yo no quería hacer eso.

Le di golpecitos a mi *supermejor* amiga que se llama Lucille.

—¿Sabes qué Lucille? Que los monstruos no existen. De verdad que no. Y por eso no hay un monstruo debajo de mi cama, probablemente. ¿Verdad, Lucille? ¿Verdad? ¿Verdad?

—¡Shh! Estoy haciendo mis letras —dijo.

—Sí, Lucille. Ya sé que estás haciendo tus letras. Yo solo quería hablarte del monstruo. Porque ni siquiera es de verdad... ¿verdad?

Lucille no dijo verdad.

—¿Por qué no dices verdad, Lucille? Di verdad. ¿Quieres? Solo di que los monstruos no existen. Y ya no te molestaré más.

De repente, Lucille hizo un resoplido de enojada.

—¡Mira lo que me hiciste hacer ahora,

Junie B.! ¡Me hiciste arruinar mi G grande!
¡Te dije que no me molestaras!

Agarró su papel superrápido y se fue corriendo donde Seño para que lo arreglara.

Yo di golpecitos en la mesa.

Luego me di la vuelta y miré detrás de mí.

Sonreí a un niño que se llama William, el llorón.

—¿Sabes qué, William? Que los monstruos no existen. Y por eso, debajo de mi cama no vive un monstruo, probablemente. ¿Verdad, William? ¿Verdad? ¿Verdad?

William puso su silla más lejos de mí.

Yo lo seguí con mi silla.

—Tengo razón, ¿no crees, William? Debajo de mi cama no vive un monstruo de verdad, ¿a que no? Además, no pone mi cabeza en su boca.

William alejó su silla un poco más.

Yo lo perseguí.

—Solo di que es verdad con la boca. ¿Quieres, William? Solo di que debajo de mi cama no hay un monstruo. Y me largaré.

William levantó la silla. Se la llevó hasta el medio de la clase.

Así es como yo también acabé llevando mi silla hasta el medio de la clase.

Me senté y sonreí muy amable.

—A que es verdad, ¿no, William? ¿A que tengo razón? —dije.

Solo que peor para mí. Porque justo en ese momento sentí unas manos encima de mis hombros.

Miré para arriba.

Era Seño.

Tragué saliva.

—Hola. ¿Cómo está hoy? —dije un poco nerviosa.

Seño empujó mi silla y la lanzó volando hasta la mesa.

No fue divertido.

Agarré un lápiz superrápido.

—¿Sabe qué? Que ahora voy a hacer mi trabajo —dije—. Además, ni siquiera voy a hablar más. Porque la verdad es que aquí no me gusta nadie.

Seño dio un pisotón frente a mí.

—Me encantan sus zapatos —dije muy despacito.

Su pie siguió dando pisotones en el piso.

Pero en ese momento, pasó algo maravilloso. Y se llama que sonó la campana del final de la escuela.

Salí *escopeteada* por la puerta.

Después yo y mi otra *supermejor* amiga que se llama Grace fuimos corriendo juntas al autobús.

—¡Grace! ¡Grace! ¿Sabes qué? ¡Que los monstruos no existen! Y por eso debajo de mi cama no vive ninguno, probablemente. ¿Verdad, Grace? ¿Verdad?

La tal Grace no dijo verdad.

Y así es como terminé agarrándola por

los hombros. Y la zarandeé y la zarandeé. Porque estaba hasta las narices de toda esta gente, pues por eso.

—¿Por qué no dices verdad, Grace? ¿Por qué nadie dice verdad? ¡Porque voy a reventar con este asunto!

La tal Grace quitó mis manos de encima.

—No puedo decir verdad porque la verdad es que puede vivir un monstruo debajo de tu cama, Junie —dijo.

Mis ojos se abrieron muchísimo.

—¡No, Grace! ¡No! ¡No digas eso! ¡No digas que puede vivir un monstruo debajo de mi cama! Porque eso no puede ser verdad. ¡Porque si no, un día de estos ya habría visto al tipo ese!

—No, no lo habrías visto —dijo—. Mi hermana mayor dice que los monstruos se pueden hacer invisibles cuando los miras. Y por eso nadie los ve.

La tal Grace me miró muy seria.

—Eso tiene sentido, ¿no crees? ¿Eh, Junie? ¿Verdad?

En ese momento, mi garganta se secó. Y me entró un hormigueo *adentro* de la barriga.

Y miré por la ventana muy preocupada.

Y no dije verdad.

3 / El tipo más *invisibilísimo*

Corrí a mi casa y llamé con gritos a mi abuela Helen Miller.

—¡ABUELA! ¡ABUELA MILLER! ¡ESTOY TAN CONTENTA DE ESTAR EN CASA! ¡PORQUE HOY NO ME GUSTÓ MUCHO MI DÍA EN LA ESCUELA!

La abuela Miller estaba en la cocina. Tenía en brazos a mi hermano bebé que se llama Ollie.

Salté de arriba abajo delante de ella.

—¡CÁRGAME! ¡POR FAVOR, CÁRGAME! ¡CÁRGAME!

—Ahora no puedo, mi amor —dijo—.
Tengo las manos llenas con Ollie.

—Ya, pero ponlo en el piso —dije—.
Porque yo aquí necesito un abrazo, Helen.

La abuela Miller se agachó y me abrazó.

Me dijo que no la llamara Helen.

—¿Por qué no vas a cambiarte de ropa?
—dijo—. Después, tú y yo haremos palomitas de maíz. Y me podrás contar todo sobre
tu día. ¿Qué te parece?

Entonces, toda mi cara se puso contenta.
¡Porque las palomitas son mis cosas preferidas del mundo mundial!

—¡Bravo! —grité—. ¡Bravo por las
palomitas!

Corrí a mi cuarto. Me quité los calcetines y los zapatos. Y mis pies bailaron el
baile de la felicidad. Se llama Baile de las palomitas con los pies contentos.

Bailaron por todas partes. Y también saltaron en mi cama. Y corrieron por todo el piso. Y *hicieron* una pirueta gigante en la alfombra.

Di palmadas muy feliz.

—¡Abuela! ¡Oye, abuela! ¿Sabes qué? ¡Que la estoy pasando muy bien aquí arriba! ¡Y además ni siquiera estoy pensando en el monstruo de debajo de mi cama!

Justo entonces, tragué saliva.

Porque no debí haber dicho eso. Creo.

Miré hacia mi cama un poco nerviosa.

¿Y qué pasaba si el monstruo ya estaba debajo de mi cama?

¿Y qué pasaba si me estaba mirando con sus ojos los deditos de mis pies?

¿Y qué pasaba si se quería meter mis deditos en su boca para comérselos?

—¡Oh, no! —dije—. ¡Oh, no! ¡Oh, no!

Porque los deditos de mis pies parecen como unas salchichitas pequeñas. Creo.

Me quedé congelada donde estaba.

—¡ABUELA! ¡ABUELA MILLER! ¡VEN SUPERRÁPIDO! ¡TE NECESITO! —grité.

La abuela Miller entró *escopeteada* en mi cuarto. Luego me levantó. Y me abrazó muy fuerte.

—¿Qué diablos está pasando aquí? —preguntó.

Se sentó conmigo en la cama.

—¡NO, ABUELA! ¡NO! ¡NO! ¡NO NOS PODEMOS SENTAR AHÍ!

Me escurrí de sus brazos y *salí afuera* corriendo superrápido por la puerta.

—¡HAY UN MONSTRUO DEBAJO DE MI CAMA! —grité.

Salté arriba y abajo.

—¡CORRE, HELEN! ¡CORRE COMO EL VIENTO!

Solo que la abuela Miller no corrió. Se dejó caer sobre la colcha. Y cerró los ojos.

—No, Junie B., por favor. No vamos a volver al tema de los monstruos otra vez ¿verdad? Ya hemos hablado de los monstruos, ¿te acuerdas? Y quedamos en que los monstruos no existían.

—Ya, pero tengo información nueva —dije—. Porque el monstruo que hay debajo de mi cama se vuelve invisible cada vez que lo miramos con los ojos. Y además, por la noche, cuando cierro los ojos, se trepa junto a mí. Y pone mi cabeza adentro de su boca.

La abuela Miller hizo un gran suspiro. Luego fue a la cocina. Y volvió con la linterna de mi papá.

Alumbró debajo de mi cama.

—No hay monstruo, Junie B. Ni uno. No veo ni un solo monstruo debajo de esta cama —dijo.

—¿Ves? —dije—. ¡Esa es la prueba! ¡Se ha vuelto invisible!

La abuela Miller movió la cabeza de aquí para allá.

—No, Junie B. El monstruo no se volvió invisible. El monstruo sencillamente no está ahí. No existe. Punto.

—¡Sí que existe, abuela! Sí que existe. Porque el hermano mayor de Paulie Allen Puffer lo dijo. Y además yo he visto sus babas.

La abuela Miller dijo que bajara mi voz. Me dio un vaso de agua.

—¿Por qué no nos olvidamos del monstruo por ahora y hacemos palomitas? Puedes hablar con tu mamá de esto cuando vuelva del trabajo. Seguro que ella sabe exactamente lo que hay que hacer.

Yo pensé y pensé.

—¿Qué abuela? ¿Qué es lo que hay que hacer? —pregunté.

Entonces, de repente, se *luminó* un foco en mi cabeza.

—¡Eh! ¡Ya sé lo que va a hacer! ¡Mamá va a agarrar la escoba y le va a *escobear* al monstruo bien duro en toda la cabeza! ¡Porque eso ya lo hizo antes con una cucaracha! ¡Y lo hace muy bien!

La abuela Miller volvió a cerrar los ojos.

Dijo que yo era muy rara.

4 / Tenebroso y *asustoso*

Muy pronto, llegó mi mamá del trabajo.

Salí *escopeteada* hacia ella superrápido.
Y le di la escoba.

—¡MAMÁ! ¡VAMOS! ¡VAMOS! ¡VAMOS A *ESCOBEAR* AL MONSTRUO!
—grité.

Mamá giró la cabeza muy despacio. Y miró a la abuela Miller.

La abuela metió sus cachetes hacia adentro.

—Un monstruo —dijo un poco bajito—. Debajo de la cama. Hemos estado esperando a que vinieras para que le dieras en la cabeza.

Yo le jalé del suéter.

—¡Y cuéntale lo de las babas, abuela! —dije.

Pero la abuela Miller se fue hacia la puerta. Y dijo las palabras yo me voy de aquí.

Yo jalé a mamá del brazo.

—¡Vamos! ¡Vamos, mamá! ¡El monstruo es muy rápido! ¡Porque Paulie Allen Puffer me dijo que todo el mundo tiene un monstruo debajo de la cama! Y la tal Grace me dijo que se podía volver invisible. Y por eso nunca hemos visto al tipo ese antes.

Mamá se sentó en la mesa de la cocina. Y me sentó encima de sus piernas.

Luego dijo que Paulie Allen Puffer solo intentaba asustarme. Y que la tal Grace no sabía de qué estaba hablando.

—Debajo de tu cama no hay ningún monstruo, Junie B. Te lo aseguro. Los monstruos no existen —dijo.

—¡Sí que existen! ¡Sí existen! ¡Porque el hermano mayor de Paulie Allen Puffer lo dijo! ¡Y está en séptimo! ¡Y dijo que los monstruos salen arrastrándose de debajo de la cama! ¡Y meten tu cabeza dentro de su boca! ¡Y de ahí salen las babas! ¡Porque yo ni siquiera soy un bebé!

Justo entonces, oí que se abría la puerta principal.

¡Era mi papá! ¡También había vuelto del trabajo!

—¡Papá! ¡Papá! ¡Hay un monstruo debajo de mi cama! Solo que tú dijiste que los monstruos no existían. ¡Pero sí que existen de verdad!

Le jalé del brazo.

—¡Vamos, papá! ¡Vamos a *traparlo*!

Papá miró a mamá durante un rato muy largo.

Se fueron al pasillo y empezaron a cuchichear en voz baja.

Al ratito, papá volvió a mi lado.

Me dijo que iba a buscar al monstruo después de cenar. Pero que antes iba a cocinar unas hamburguesas en la parrilla.

—¡Ay, ay, ay! —dije—. ¡Ay, ay, ay! ¡Porque las hamburguesas son mis cosas favoritas del mundo mundial! ¡Y también me gustan los *paguetis* y las *almóndigas*!

Después de eso, yo y papá salimos afuera.

Él tomó un *giramburguesas* y me dio a mí otro *giramburguesas*. Porque yo ya soy bastante mayor. Pues por eso.

Corrí por todas partes con la cosa esa.

Hice girar una piedra y una flor y una bola de tierra. Y además giré una lagartija

muerta que encontré en la rampa de la
cochera.

Después mamá me quitó el *giramburguesas*.

Porque no soy bastante mayor. Pues por eso.

Después de cenar, me bañé.

Luego mamá y papá me leyeron un cuento. Y me dieron un abrazo de buenas noches.

—Hasta mañana —dijo mamá.

—Hasta mañana —dijo papá.

Yo me senté en la cama.

—Ya, solo que yo no puedo dormir aquí. Porque todavía no han *escobeado* al monstruo malo.

Papá frotó sus ojos cansados.

—No hay ningún monstruo, Junie B. No tienes que tener miedo de nada —dijo.

Entonces me dio un beso. Y salió de mi cuarto. Y mamá fue con él.

Yo salí corriendo de la cama y seguí a esos dos.

Se dieron la vuelta y me vieron.

—Hola. ¿Cómo están? —dije muy amable—. Me voy a sentar en la cocina y no voy a molestar a nadie. Además, a lo mejor veo el Noticiero Univisión a las Diez.

Mamá me cargó de vuelta a la cama.

Yo la volví a seguir.

—¿Quieres hacer un pastel de limón? Hacer un pastel de limón sería divertido, ¿no? —le pregunté.

Esta vez, mamá me llevó marchando a mi cuarto muy rápido.

—No te vuelvas a levantar, Junie B. —dijo—. Ya basta.

Esperé a que se fueran sus pies.

Después salí de puntillas a la habitación de mi hermano bebé. Y me trepé a su cuna.

Allí no había espacio.

Por eso tuve que salir y poner al bebé Ollie en el piso.

Luego me volví a subir a la cuna. Y

34

me tapé toda cómoda y calentita con la manta.

Solo que peor para mí, porque el llorón del bebé ese empezó a gritar.

Papá entró *escopeteado* en el cuarto superrápido.

Encendió la luz y me vio.

Yo tragué saliva.

—Hola. ¿Cómo estás? —dije un poco nerviosa—. Yo estoy aquí muy cómoda y calentita.

Papá me sacó pitando de ahí.

Entonces puso al bebé Ollie otra vez en la cuna.

Y me volvió a llevar a la cama.

—Muy bien. Ya se acabó —gruñó—. Esta es la última vez que tengo que volver aquí. ¿Lo entiendes, señorita? Que no se te ocurra volver a salir de la cama ni una vez más.

Yo empecé a llorar un poquirritín.

—Ya, pero ¿qué pasa con el monstruo?
—dije—. Porque sigue debajo de la cama.
Creo.

Papá levantó los brazos al aire.

Después encendió la luz. Y buscó al monstruo por todas partes.

Primero, miró debajo de mi cama. Luego miró en el armario. Y en mis cajones. Y en mi papelera. Y además también miró en mi caja de crayones.

—No hay ningún monstruo, Junie B. —dijo—. No hay monstruos en ningún lado. Me tienes que creer. ¡Los monstruos no existen!

Se sentó en mi cama.

—Ahora me voy a ir —dijo—. Voy a dejar la puerta abierta. Y voy a dejar la luz del pasillo encendida. Pero nada más, ¿de acuerdo? Tienes que confiar en mí, Junie B. No hay ningún monstruo debajo de tu cama.

Lo agarré de la camisa.

—Bueno, pero arrópame con las sábanas, ¿quieres? Arrópame bien fuerte. Porque si no, se me pueden salir los pies por los lados. Y mis deditos parecen salchichitas.

Papá me arropó con las sábanas.

—Ya está. Buenas noches.

—Bueno, pero tráeme a mi osito. ¿Quieres, papá? Y también tráeme a mi muñeca Mari Pepa que se llama Ruth. Y a mi muñeca Mari Pepa que se llama Larry. Y a mi elefante de peluche que se llama Felipe Juan Bob.

Papá me los trajo a todos esos. Los metió en la cama.

—Bien. Ya está. Ahora buenas noches —dijo.

Salió de mi cuarto. Y siguió caminando por el pasillo.

Yo miré a mi alrededor en la oscuridad.

Lo de ahí afuera era muy tenebroso y *asustoso*.

—¡FELIPE JUAN BOB QUIERE UN VASO DE AGUA! —grité muy alto.

Esperé y esperé.

—¡YA, PERO ES QUE DE VERDAD, DE VERDAD QUE QUIERE UNO! ¡POR- QUE PARECE QUE TIENE UN PRO- BLEMA CON LA TROMPA!

Papá no vino.

—¡MI MUÑECA MARI PEPA QUE SE LLAMA RUTH QUIERE UN PAÑUELO! —grité después.

Después de eso, mi voz se volvió más baja.

—Mi muñeca Mari Pepa que se llama Larry quiere una galleta —dije.

Pero papá siguió sin venir.

5/ La *superpeor* noche de mi vida

Era la *superpeor* noche de toda mi vida.

No pegué ni ojo.

Eso es porque tuve que mantener los ojos abiertos. Porque si no, el monstruo no se hacía invisible y se veía.

Oí a papá y a mamá ir a la cama.

—¡BUENAS NOCHES A TODO EL MUNDO! ¡BUENAS NOCHES! ¡SOY YO! ¡SOY JUNIE B. JONES! TODAVÍA ESTOY AQUÍ. ¡PORQUE NI SIQUIERA PUEDO CERRAR LOS OJOS PORQUE SI NO, EL MONSTRUO VIENE!

Mamá y papá no me gritaron.

—ADEMÁS HAY OTRA COSA QUE LES TENGO QUE DECIR: ¡NO APAGUEN LA LUZ DEL PASILLO! ¡Y NO CIERREN MI PUERTA! ¡Y TAMPOCO CIERREN SU PUERTA!.

—¡Vete a dormir! —gruñó mamá.

Sonreí muy aliviada.

—Qué bueno que oí tu voz —dije un poco tranquila.

Después de eso, mamá y papá se metieron en la cama. Y apagaron la luz.

Papá empezó a roncar.

—Oh, no —dije—. Ahora ni siquiera estará despierto para salvarme cuando venga el monstruo.

Saqué a Felipe Juan Bob de debajo de mis sábanas.

—Yo te salvaré —dijo—. Le echaré

agua a la cara del monstruo. Y además lo pisotearé con mis pies gigantes de elefante. Y por eso ya puedes cerrar los ojos. Y no tienes que preocuparte del tipo ese.

Lo miré y lo miré.

—Ya, pero aquí está el problema —dije—. No eres lo suficientemente fuerte porque estás relleno de peluche. Y tampoco puedes echar agua. Y entonces ¿a quién estoy engañando aquí?

Felipe Juan Bob me miró durante mucho tiempo.

Después volvió a meterse debajo de las sábanas.

De repente, oí unos pies por el pasillo.

¡Eran pies de monstruo! Creo.

Se acercaron más y más.

¡Y muy pronto se metieron en mi cuarto!

¿Y sabes qué?

¡Que era mi perro, Cosquillas! ¡Pues eso!

—¡Cosquillas! ¡Cosquillas! ¡Cuánto me alegro de verte! ¡Porque ahora me puedes proteger del monstruo! ¿Y por qué no se me ocurrió esto antes?

Aparté las sábanas y le dije que subiera.

—¡Vamos, Cosquillas! ¡Puedes dormir encima de mi almohada! ¡Porque mamá nunca se enterará de esto!

Cosquillas se metió de un salto. Corrió por toda mi cama.

Metió la cabeza debajo de mis sábanas y corrió hasta mis pies.

—¡No, Cosquillas! ¡No! ¡No! ¡Tienes que volver aquí! Porque si no, ¿quién me va a proteger?

Lo volví a subir.

Puso sus patas encima de mi muñeca Mari Pepa que se llama Larry. Y le chupó su pelo rojo.

—¡No, Cosquillas! ¡No! ¡No! —dije.

Justo entonces, Cosquillas se lanzó sobre mí. Y aterrizó en mi elefante que se llama Felipe Juan Bob.

Lo sujetó por la trompa. Y zarandeó al tipo ese de un lado a otro.

Yo salvé a Felipe Juan Bob justo a tiempo.

Después empujé a Cosquillas y lo saqué de mi cama. Y salió corriendo de mi cuarto.

Felipe Juan Bob estaba muy enojado.

Le acaricié la trompa.

También abracé a mi muñeca Mari Pepa que se llama Larry.

Pero peor para mí. Porque mi Mari Pepa Ruth se salió de mi cama. Porque las tontas de las sábanas ya no estaban bien metidas.

Yo y Mari Pepa Larry nos asomamos por un lado de la cama para verla.

—*Trápala* —dijo Mari Pepa Larry.

—Ya, solo que yo no la puedo *trapar* —dije con la cara llena de enojo—. Porque si lo hago, el monstruo me agarrará de la mano y me sacará de la cama.

Pensé lo que tenía que hacer.

Entonces, de repente, agarré a todos mis amigos en brazos.

—Tenemos que salir huyendo —les dije—. Esta noche tenemos que dormir con mamá y papá. Porque con ellos estaremos a salvo. Y además ni se darán cuenta de que estamos allí. Creo. Porque su cama es del tamaño de un rey.

Me puse de pie en un lado de mi cama. Luego salté hasta la mitad de la habitación. Y agarré *muy superrápido* a Mari Pepa Ruth.

Corrí hasta el cuarto de papá y mamá.
Estaban durmiendo y roncando.

—Shh —le dije a Mari Pepa Larri.

—Shh —le dije a Felipe Juan Bob.

Entonces todos nos arrastramos hasta el medio de la cama. Y nos metimos debajo de sus sábanas.

Solo que peor para mí. Porque mamá se dio la vuelta y aterrizó sobre la trompa de Felipe Juan Bob. Y se despertó.

Encendió la luz.

Yo tragué saliva.

—Hola. ¿Cómo estás? Yo y mis amigos estamos durmiendo aquí. Porque creímos que no te iba a molestar.

Mamá me llevó a mi cuarto volando.

Luego se acercó a mi oreja. Y me habló con una voz tenebrosa con los dientes cerrados.

—No...vuelvas...a...salir...de...la...cama...
ni...una...vez...más —dijo.

¿Y sabes qué?

Que no lo hice.

6/ Extraplano

Al día siguiente en la escuela, estaba cansada y hecha puré.

Me abrí un ojo con los dedos. Y en la clase de arte hice un dibujo.

No quedó muy profesional.

Después de eso, me sujeté la cabeza con las manos. Y esperé a que terminara la escuela.

Yo y la tal Grace fuimos juntas a casa en el autobús.

Yo bostecé y bostecé.

—Demonios, Grace. Ojalá que no me hubieras dicho nunca que los monstruos se pueden hacer invisibles. Porque ahora ya no puedo cerrar los ojos por la noche.

—Yo sí puedo —dijo la tal Grace—. Eso es porque yo no tengo un monstruo debajo de mi cama. Mi mamá descubrió cómo deshacerse de él.

Mis ojos se abrieron muchísimo.

—¿Cómo, Grace? ¿Cómo lo hizo?

—Es muy fácil —dijo la tal Grace—. Primero, lo aspiró con la aspiradora. Después puso la bolsa de la aspiradora en la basura. Y el camión de la basura lo dejó extraplano.

Entonces, ¡la abracé y abracé a la chica esa! ¡Porque era brillante! ¡Por supuesto!

—¡Gracias, Grace! ¡Gracias! ¡Gracias! Porque tengo una aspiradora en mi mismita casa. Y seguramente puedo hacer eso mismo.

Cuando me bajé del autobús, salí *escopeteada* a mi casa.

—¡ABUELA! ¡ABUELA MILLER! ¡YA

SÉ CÓMO NOS PODEMOS LIBRAR DEL MONSTRUO! —grité.

Después corrí al armario y saqué la aspiradora de mamá. Y arrastré esa cosa hasta mi cuarto.

La abuela Miller vino a mi habitación.

Le conté cómo deshacerse del monstruo. ¿Y sabes qué? ¡Que lo entendió muy bien!

Primero, enchufó la aspiradora en la pared. Luego la metió por debajo de la cama. ¡Y aspiró al monstruo allí mismito!

—¡BRAVO! ¡BRAVO! ¡LO TIENES! ¡TIENES AL MONSTRUO! —le grité toda emocionada.

La abuela Miller corrió con la bolsa a la cocina. Y la tiró al bote de la basura.

—Ya está. Con esto se acaba el problema —dijo muy contenta.

Yo miré y miré la basura.

Fruncí un poco el ceño.

—Ya, solo que hay un problema, abuela. Que todavía no se lo han llevado los basureros. Y no lo han dejado extraplano con el camión.

La abuela Miller sonrió.

—Ya, Junie B. Lo que pasa es que hoy no pasa el camión de la basura —dijo—. Tu monstruo se tendrá que quedar en la bolsa de la aspiradora por el momento.

Fruncí más el ceño.

—Sí, pero ¿qué pasa si gotea por el tubo? A lo mejor puede acabar flotando en el aire. Y vuelve a mi cuarto. Y se vuelve a meter en mi cama.

La abuela Miller dio golpecitos con los dedos en el mostrador. Luego las mejillas se le llenaron de aire. Y lo soltó muy poco a poco.

—Muy bien, a ver qué te parece esto. ¿Por qué no lo llevamos afuera? Yo saco la bolsa. Y la pongo en el cubo de la basura, muy abajo. Y después cierro bien la tapa para que no se escape.

—Bueno, pero seguirá sin hacerlo extraplano —dije medio lloriqueando.

Justo entonces, la abuela Miller empezó a llenarse de *fustración*.

Agarró la bolsa de la aspiradora y salió corriendo afuera.

Luego la puso en la rampa de la cochera.

Y se metió en el auto.

Y *tropelló* la cosa esa con las ruedas.

Al ratito regresó a casa.

Se frotó las manos.

—¡Ya está! ¡Ya tienes un extraplano! —dijo un poco gruñona.

Cuando se fue, me senté en el sofá. Y me

quedé mirando a la rampa de la cochera muy nerviosa.

Porque ¿sabes qué?

Que un auto no es un camión de basura.

Pues por eso.

7 / Ronquidos y soplidos

Esa noche oí *arrastreos* debajo de mi cama.

Mamá dijo que era mi *maginación*.

—No, no es mi *maginación* —dije—. Puedo oír los *arrastreos*. Y además oigo los ronquidos y los soplidos y los *babeos*.

Mamá subió los ojos hasta el cielo.

—Francamente, Junie B... ¿de dónde demonios sacas estas ideas? —preguntó.

Yo pensé y pensé.

—Me vienen a la cabeza automáticamente —le dije—. Creo que eso es por ser niña prodigio.

Después de eso, le rogué que me dejara dormir en su cama.

Pero mamá dijo que no.

Luego papá también dijo que no.

—Tienes que confiar en nosotros, Junie B. —dijo—. Nunca haríamos algo que te hiciera daño. En este cuarto no tienes que tenerle miedo a nada.

Y así es como terminé durmiendo en mi propia cama. Durante toda la noche entera.

Y además, también tenía que dormir ahí a la noche siguiente. Y la siguiente. Y también la siguiente después de esa.

Esa fue la noche en la que pasó lo peor de todo.

Porque por accidente dormí demasiado. Y el monstruo se arrastró hasta mi cama. ¡Y a la mañana siguiente había babas en la almohada!

Cuando las sentí, empecé a gritar muy fuerte.

—¡AYUDA! ¡SOCORRO! ¡HAY BABAS! ¡HAY BABAS! ¡LES DIJE QUE IBA A PASAR ESTO! ¡LES DIJE QUE EL MONS-TRUO IBA A VENIR!

Me fui corriendo al cuarto de mamá y papá y les enseñé mi almohada.

Mamá se sujetó la cabeza.

—¿Cuándo vamos a terminar con esta historia? —dijo—. ¿Cuándo te vas a enterar de que los monstruos no existen?

No esperó a que yo contestara.

—Todo el mundo deja babas en la almohada de vez en cuando —dijo—. Eso no quiere decir que seas un bebé. Cuando duermes, se te abre la boca. Y se te escapa un poquito de baba. No pasa nada. ¡Y no es de los monstruos!

Después de eso, salió de su cuarto y se fue a la cocina. Y papá fue a buscar a Ollie.

Entré en su cama gateando y me conté los dedos de los pies.

Buenas noticias.

Había diez.

*   *   *

Ese día en kindergarten, Seño tenía una sorpresa para nosotros.

Y es que el señor de las papitas ya había enviado las fotos de la escuela.

Las repartió.

Lucille fue la primera en recibirlas.

¡Se me saltaron los ojos hacia aquellas cosas!

—¡Lucille! ¡Estás maravillosa! ¡Son las fotos más requetemaravillosas que he visto en mi vida! —dije.

Lucille se esponjó su vestido esponjoso.

—Ya lo sé. Ya sé que son maravillosas. Es que yo soy así de linda y no lo puedo evitar.

Después de eso, Lucille se puso de pie junto a la mesa. Y les mostró a todos sus fotos.

Seño le dijo "siéntate".

Justo entonces, Seño se agachó adonde yo estaba. Y me acarició el pelo.

—Junie B., cielo, a lo mejor tienes que pedir que te vuelvan a sacar las fotos —dijo en voz un poco baja.

Luego me dio el sobre en secreto. Para que nadie lo viera.

Yo me asomé un poquirritín para ver esas cosas.

Me sentí mal de la barriga.

—Parece que estoy oliendo algo asque-
roso —dije.

Intenté esconder mis fotos muy rápido.
Pero Lucille me las quitó.

—¡Puaj! ¡Qué asco! —dijo—. ¡Junie B.
salió espantosa!

Intenté quitárselas.

—¡YA, LO QUE PASA ES QUE ESTO
NO ES ASUNTO TUYO, SEÑORITA! —le
grité muy enojada.

Pero peor para mí. Porque muchos otros
chicos ya las habían visto. Y se rieron y rieron con las cosas esas.

Al final conseguí agarrar mis fotos. Y las
escondí en mi abrigo.

No volví a hablar a los del Salón Nueve en
todo el resto del día.

8/ Mi cara de monstruo

Cuando llegué a casa de la escuela, me senté en mi cama. Y miré mis fotos.

—¡No soporto las cosas estas feas y tontas! —dije muy furiosa—. ¡Son las fotos más tontas y horrorosas que he visto en mi vida!

Me colgué por un lado de la cama y sujeté las fotos ahí abajo.

—¿Ves esto? ¿Ves esto, monstruo tonto? ¡Esta foto da tanto miedo como tú! ¡Así que a lo mejor la pongo debajo de mi cama! ¡Y te vas a hacer pipí del miedo!

Entonces, me senté muy estirada.

¡Porque esa idea que se me acababa ⸢d⸣ ocurrir era muy buena!

Busqué muy rápido mis tijeras.

Y recorté las fotos para separarlas. Y las metí debajo de mi cama.

—¡Ya no te tengo miedo, monstruo tonto! ¡Porque estas fotos feas te pueden comer la cabeza de un bocado!

Después oí a mamá que venía del trabajo.

—¡Mamá! ¡Mamá! ¡Ya tengo las fotos! ¡Ya tengo las fotos! —grité muy contenta. Subió corriendo a mi cuarto.

Señalé debajo de la cama.

—¿Las ves, mamá? ¿Ves las fotos? Las he puesto todas ahí abajo.

Mamá me miró con curiosidad.

Se agachó y tomó una foto.

Tragó saliva con la boca.

—¡Pero qué...! —susurró.

Yo di muchas palmadas.

—¡Ya sé que son *pero qué*...! ¡Por eso las puse debajo de la cama! ¿Lo entiendes, mamá? ¿Eh? ¡Ahora mi cara de monstruo estará ahí todo el rato! ¡Y seguro que el monstruo ese ya se ha asustado!

De repente, mamá empezó a reírse.

Y aquí va otra cosa buena. Que esta mañana había más babas en mi almohada.

Solo que ya no me preocupa.

Porque seguro que eran de Mari Pepa Ruth.

O si no, eran de Felipe Juan Bob.

O a lo mejor hasta eran mías.

Porque eso no quiere decir que sea un bebé.

¡Porque de vez en cuando a todos se nos
en las babas en la almohada!
Mi propia mamá me lo dijo.
Y ella no me mentiría...
Creo.